세월이 흘러도 가슴 뛰는

옛 시인의 사랑

세월이 흘러도 가슴 뛰는

옛 시인의 사랑

서충열 시화집

미래문화사

시대를 잘못 만난 예술인들의 사랑 이야기

기녀妓女 중에는 뛰어난 예술인들이 많았다. 그 중에는
시대를 잘못 만나
기녀가 된 사람들이 대부분이다.

남존여비의 폐쇄된 사회,
남성들이 씌워 놓은 굴레는
족쇄가 되어
그녀들이 예술적인 '끼'를 마음껏 발휘할 수 없도록 했다.
그래서 그녀들은 기녀가 되었다.

타고난 예능인이었던 그녀들이 선택할 수밖에 없었던
기녀라는 직업을 나는
폄훼할 수 없었다. 그래서
그녀들에게서 천기賤妓라는 호칭을 떼어 내 버리는 글을 썼다.

그녀들의

자유분방한 삶과

풍류와

봄바람 같은 사랑 이야기는

가슴 따뜻한 사람들의 마음이 잠시 오묘하게 흔들리지는 않을까

하는 재미있는 생각을 해 보며 이 글을 썼다.

나는 그들을 뛰어난 시인, 음악인으로 보고 싶었던 것이다.

185점의 그림이 수록된 책을 만들면서

곳곳에서 발견되는 '정체성의 결여' 때문에 나는 괴로워했지만

천학淺學의 소치라는 변명으로 부끄러움을

면해 보려 한다.

2010년 11월

서충열

차례

1부 · 옛 시인의 사랑

1부
옛 시인의 사랑

1. 홍길동전 탄생 설화

감옥에서 풀려난 허균은 변산반도 골짜기에 있는 정사암에서
집필 생활을 하면서 64권의 책을 저술했다.

이곳 부사는 허균을 위해

기생들을 데리고 와서 연회를 베풀어 주었다.

그중에는 설매라는 예쁘게 생긴 기생이 있었다.

묘하게 슬퍼 보이는 그녀의 까만 눈이 사람의 눈을 끌게 했다.

그런데 그녀는 말이 없었다.

술 마시고 노래하며 모두들 즐거웠다.

말이 없는 그녀가 허균에게 눈을 맞추며 춤을 추기 시작했다.

그녀의 춤사위는 신비스러운 환상을 자아냈다.

허균은 지금까지 수많은 기생들을 보아 왔지만

이토록 신비함을 자아내는 춤을 본 적이 없었다.

허균은 속으로 감탄했다.

설매는 허균에게 안기듯 옆으로 다가와 술을 따르며 말했다.

"선생님! 저는 지난 6년간 선생님을 잊어 본 적이 없습니다."

"잊은 적이 없다니?"

"제가 어찌 잊겠습니까? 생명의 은인이십니다."

"……."

"소녀가 황해도 수안에 살 때 그곳 악질 토호의 횡포로 부모를 잃었
습니다. 그때 선생님께서는 그곳 현감으로 계시면서 억울함을 밝히
시다가 결국은 파직되셨습니다.
선생님께서는 갈 곳 없는 우리 남매에게 노잣돈을 주어
이곳 외할머니 집으로 보내 주셨습니다."
"……."

부사 일행은 떠나고 설매 혼자만 남았다.
"그동안 어찌 지냈느냐?"
"외할머니가 돌아가시자 또다시 우리 남매는
의지할 곳이 없게 되었습니다.
여기 저기 떠도는 거지 신세가 되어
어느 산속에서 쓰러졌습니다.
정신을 차리고 보니 산적의 소굴이었습니다."

"그들은 못된 토호들의 재산을 털어 생활하는 산적들이었지만 가난하고 힘없는 백성들을 도와주는 의적이기도 했습니다.

오빠는 그곳에서 무술을 닦으며 성장하여 의적이 되었고, 저는 기생으로 있으면서 이곳 사정을 그들에게 알려 주고 있습니다."

"음……."

"그동안 남정네들의 숱한 유혹을 뿌리칠 수 있었던 것은 선생님이
제 마음에 들어와 있기 때문이었습니다.
허균은 말없이 그녀를 쳐다보았다. 청순하고 앳된 모습의 그녀 역시
허균을 마주 보고 있었다.
"앞으로 선생님 곁을 떠나지 않겠습니다."

설매는 크지 않은 그녀의 몸을 웅크리며 허균의 가슴으로 파고들었
다. 물씬 꽃향기 같은 비릿한 살 내음이 진하게 풍겨 왔다.
싱그러운 관능이 그를 자극했지만
허균은 아버지의 스승이신 화담 선생을 떠올렸다.
허균은 여자를 좋아하는 편이었지만 아무 꽃이나
꺾는 사람은 아니었다.
설매의 몸은 후끈 달아올랐다.
"소녀가 싫습니까?"

"나는 앞으로 큰일을 하고자 한다.

도탄에 빠진 백성들을 구하고, 남자들이 여자들에게 씌운 온갖 굴레

를 걷어내 귀천貴賤 없는 세상을 만들기 위한 혁명을 도모하고 있다."

그리하여 그날 밤,

두 사람은 조촐한 술상 앞에서 술만 마셨다.

아침에 일어난 설매는 해맑은 햇살을 온몸으로 받으며 행복했다.
그녀는 초야를 치른 새색시처럼 들떠 있었다.
산나물을 무쳐 아침 밥상을 차리며 마냥 즐겁기만 했다.

송도의 기생
황진이!
총명하고 용모가
절색이며
예술적
재능이
특출했다.
호방한 성격에 굴레에 얽매이기를 싫어하는 그는
강하고 힘이 넘치는 거문고가 어울리는 여자였다.
그의 거문고 소리는 지나치게 어두웠다고 한다.

당대의 석학 화담 서경덕 선생을 사숙私淑한 진이는
봄 언덕에 풀잎이 양탄자처럼 곱던 날
화담정사를 찾았다.

내 언제 신용 없이 임을 속였기에
달도 저문 한밤중 오실 기척 하나도 없네
가을밤 지는 잎 소리야 전들 어찌 하오리까.

그가 달려가서 만나고 싶었던 사람, 그러나
이루어질 수 없는 사랑도 있었다.

이사종을 만나는 순간
오랫동안 잊고 지냈던 자신의 반쪽을
만난 비익조比翼鳥처럼
그때부터 두 사람의 아름다운 여행은
시작되었다.

꺼질 듯 꺼질 듯
다시 밝아지는 등불 같기도 하고
연잎에 후드득 떨어지는 빗방울 소리와도 같은
노랫가락을 뿜어내는 가인歌人.
심장으로 눈물이 흘러도 청아한 소리를 낼 수 있는
그가 얻은 소리로 인해
그녀는 괴로움을 당했다.
때로는 가슴 떨리고
어느 땐 활시위처럼 팽팽한 생활이
6년간 지속되었다. 그러나

그들은 남포에서 헤어졌다.
누가 먼저랄 것도 없이 이제
서로를 멀리서
그리위할 때가 왔음을 알아채고
그들은 헤어졌다.

아, 내가 한 일이여 그럴 줄을 몰랐단 말인가?

있으라고 한마디만 하고 붙잡았더라면 굳이 갔을까마는

보내고 나서야 그리워지는 정은 나도 어인 일인지 모르겠네.

인생 백 년이 짧은데

솔바람 소리 맞으며 함께 늙기를 원했던

이사종의 잡는 소매를 뿌리치고 그녀는 후회했다.

동행도 없는 먼 길을 홀로 떠나면서 화담 선생은 그녀의 손을 잡고
말했다.

"무언가를 남긴다는 것은 집착을 키우는 것.
세상에 아무것도 남기지 않고 가는 것이 오히려 기쁘다."
지금까지의 삶처럼 단정하고 깨끗하게 선생은 운명하였다.

산은 옛 산이로되 물은 옛 물이 아니로다
밤낮으로 흘러가니 옛 물이 있을쏘냐
사람도 물과 같아서 가고 아니 오는구나.

선생이 떠난 후 화담정사에는

꽃은 지고 사람의 발길도 끊겼는데

동문수학하던 허엽(허난설헌의 아버지)이 찾아왔다.

"사랑의 문제였습니까?"

사랑! 그 자체는 잘못이 아니다.
선생의 위대함이 진이와 사랑을
하지 아니했기 때문이겠는가?
진이와 사랑을 했다고 해서 그것이
어찌 선생의 위대함에 흠이 되겠는가?
허엽이 떠난 후 그녀도
방랑의 길을 떠났다.

3. 난설헌 허초희

가을 호수는 맑고도 넓어 푸른 물이
구슬처럼 반짝이는데
연꽃 둘린 깊숙한 곳에
목란 배를 매어 두었네
님을 만나 물 건너로 연꽃
 따서 던지고는
행여나 누가 보았을까 봐 한나절을
부끄러웠네.

난설헌의 처녀 시절은 행복했다.
남이 부러워하는 가정에서
자라면서
자신이 좋아하는 예술 공부를 하며
즐거운 나날을 보냈다.

사랑하는 임과의 행복한 생활을 꿈꾸며
그는 시집을 갔다.
그러나 그가 겪어야 했던 결혼 생활은
슬픔과 눈물로 이어지는 세월이었다.

어려서부터 신동으로 불리었던 난설헌은
시·서·화에서 천재성을 발휘했다.

남편은 난설헌의 짝으로는 부족한 사람이었다.
여러모로 부족한 남편은 아내에 대한 심한 열등감으로
방탕한 생활을 하며 난폭한 성정만을 키웠다.

허난설헌은 뛰어난 예술가의 타고난 성격 때문에
그 시대의 아내로서
며느리로서 살아가는 데
불행할 수밖에 없었다.

지난해는 사랑하는 딸을 여의고

올해는 아들까지 잃었네

슬프디 슬픈 광릉 땅에

두 무덤이 나란히 마주 보고 있구나

사시나무 가지에는 쓸쓸히 바람 부는데

네 무덤 앞에 술잔을 붓는다

너희 남매의 가여운 혼은

밤마다 서로 따르며 놀고 있겠지.

남편과 시어머니에게 버림받고

아이들마저 일찍 죽었다.

너무 슬퍼 울음소리도 제대로 못 내며 처절하게 보낸 세월이었다.
그는 봄이 와도 혼자 외로웠다.

향기로운 나무는 물이 올라 푸르고
궁궁이 싹도 가지런히 돋아났네
봄날이라 모두들 꽃 피고 아름다운데
나만 홀로 자꾸만 서글퍼지네.

선천적으로 예술적 재능을 타고난 허난설헌.
그는 시대를 앞서 간 여인이었다.

그는 그 시대의 사회 제도에 대하여 회의했다.
아무리 뛰어난 예술인일지라도 여자이기 때문에
홀로 시들어야 하는
남존여비의 폐쇄적인 윤리관을 내세우는 주변 사람들이
그는 싫었다. 그리하여

일천 수가 넘는 그의 시를 모두 불살랐다.

그리고 현실 세계에선 도저히 만족할 수 없는 자기

자신을 발견하게 된다.

그 후부터 난설헌에게

인간세계는 잠시 와서 머문 것처럼 여겨졌다.

연꽃 스물일곱 송이 붉게 떨어지니

달빛 서리 위에서 차갑기만 하네.

1589년 가을 난설헌 허초희는

스물일곱이라는 너무 젊은 나이에 이 세상을 하직했다.

4. 사랑과 방랑

방랑 생활에 지친 김삿갓이 지기知己 최백담의 집에서 4년간 글방 선

생을 했다.

인근에는 '가가당' 이라는 특이한 이름의 정사精舍가 있었다.

모녀가 운영하는 시회詩會 장소였는데

어머니 가매는 글 잘하는 옛날 기생이었고

딸 가련이는 예쁘고 귀여운 처녀였다.

가련이는 아름다운 자태보다 시를 더 잘 지었다.

그 고장 선비들은 가가당에서 자주 시회를 열었다.

석양이 기울기 시작할 무렵
국화 향기 그윽한 가련의 집을 찾아간 김삿갓은
그녀에게 시 한 수를 주었다.

가련한 내 형색의 가련한 꼴을 보라
가련이네 문전으로 찾아드는구나
가련한 내 마음을 가련하게 전하면
가련은 가련한 내 마음을 잘 알지어라.

가련은 그를 보내고 답시答詩를 썼다.

가련은 가엾은 새와 같이 가을밤에 우노니
목메어 흐르는 강가의 모래밭이 쓸쓸하도다
아, 사랑하는 임의 삿갓을 보내며 잊지 못하노니
달나라의 신선이 지상에 와서 헤매는가 하노라.

동산에 가을 달이 둥그렇게 뜬 밤.
두 사람은 강가 모래밭에 나란히 앉아
물 위에 비친 달그림자를 보고 있었다.
"가련이!"
"네?"
"……."
김삿갓은 갑자기 말문이 막혔다.
"가련이!"
"……."
김삿갓은 또 이름만 불렀다.
그날 밤 그들은 이름만 부르다가 헤어졌다.

그해 겨울이 가고 가가당의 뜰에는 봄꽃이 피었다.

봄과 디불어 두 사람의 사랑은 무르익어 갔다.

가련의 나이 이십 세, 김삿갓은 이십삼 세.

봄바람은 불고

연녹색 나뭇잎이 싱그러울 때

가매는 두 사람을 결혼시켰다.

가련은 자신의 사랑을 인정받았다는 사실로 기뻤고

김삿갓은 상냥한 눈매를 가진 가련이와

함께 할 수 있다는 사실이 행복했다.

첫날 밤,

김삿갓은 가련을 보듬고 동창이 환할 때까지 잠을 잤다.

김삿갓은 행복했다.

때 묻지 않은 그녀의 사랑을 확인하며 훈장 생활을 하던 기간은

김삿갓 일생에서 가장 행복하고 즐거운 순간들이었다.

언제부터인가 김삿갓은 표연飄然히 떠나야 된다는 생각을 하게 되었
다.

이상야릇한 이 심리적인 갈등을

김삿갓 자신도 알 수 없었다.

가련에게 불만이 있는 것도 아니다.

그는 가련이를 사랑했고

가련이도 그를 사랑했다. 그러나

가련이의 사랑도 김삿갓의 마음을 붙잡지는 못했다.

또다시 김삿갓은 방랑 생활이 그리워 지팡이를 들었다.
가을비 오는 밤에 먼빛으로 가련이의 얼굴을 보고
말없이 작별 인사를 했다. 그리고
아무에게도 알리지 않고 길을 떠났다.

비 오는 밤길을 걸으며 그는 눈물을 흘렸다.

뜻 모를 눈물이 쓸쓸하게 흘렀다.

고독한 시인의 슬픔인 듯······.

사람들은 저마다 자기의 길을 간다.

그도 그의 길을 가고 있는 것이다.

그가 가는 길은 언제나 꽃 피는 봄날만은 아니었지만

굵은비만 내리는 것도 아니었다.

과거를 감당할 수는 없었지만

추억은 아름다웠고

밤하늘의 별 또한 아름답기만 했다.

쏟아질 듯 무수한 별들이 떠 있는 하늘에서
가련이의 모습이 떠오른다.
애타게 기다리는 가련이를 생각하면
가슴이 아프다.

오늘도 그는 길을 걷고 있다.

겨울을 재촉하는 비가 내리는 산모퉁이를 터덕터덕 걸으며

이제야 방랑 생활의 끝이 보이는 것을 알았다.

비에 젖은 가랑잎이

시인의 삿갓 위에 떨어졌다.

전라도 땅에서 숨을 거두며 그는 시 한 수를 남겼다.

공중의 나는 새도 보금자리가 있고 짐승도 굴이 있는데

돌아보니 한평생 슬프게 살아왔다

짚신과 대지팡이로 천 리 길을 돌아다니며

흐르는 물처럼 떠도는 구름처럼 사방이 내 집이었다.

鳥巢獸穴皆有居　顧我平生獨自傷

芒鞋竹路千里行　水性雲心家四方

그는 뜬 구름처럼 떠도는 나그네로 살다 갔다.
발길을 머물게 하는 사랑의 유혹 같은 것들은
산봉우리에 걸히는 안개처럼 지워 버리고
그 긴 세월을 방랑 시인으로 살았다. 걸식을 하며……

5. 잊지 못하는 시인

부안 시인 이매창은 한시와
거문고에 뛰어난 기생이었다.

평생에 기생된 몸이 부끄러워서
달빛 젖은 매화를
사랑하는 나
세인은 내 마음을 알지 못하고
오가는 손길마다 추근거리네.

매창은 기녀 생활을 청산하고
서해 바닷가 파도치는 경치 좋은 곳에
초려 삼간 지어 놓고 거문고와 시를 벗 삼아
한적한 생활을 했다.
그는 《침류대시첩》이란 시집을 낸 촌은 유희경을
흠모하게 되었다.
꼭 한 번 만나 보고 싶은 사람이었다.

드디어 촌은을 만나는 날 매창은 마치 다정했던 옛 정인을 다시
만나는 것처럼 가슴이 뛰었다.
술상을 앞에 놓고 촌은은 매창을 유심히 살펴보았다.
소문대로 경국지색은 아니었지만 감정이 풍부한 눈이 맑고 우아했다.
그녀는 여성적인 매력을 투명하게 발산하고 있었다.

촌은이 시를 지어 매창에게 주었다.

나에게는 신비로운 선약이 있어서
찡그린 얼굴도 고칠 수가 있다네
금낭 속 깊이깊이 간직한 이 약은
사랑하는 너에게 아낌없이 주리라.

사랑이란 말을 선약에 비유하며 은밀하게 표현한 촌은의 시에 매창
은 화답했다.

나에게는 그 옛날의 거문고가 있어서
한번 타면 온갖 정감 다투어 생긴다오
세상 사람들 이 곡을 아는 이 없으나
임의 피리 소리에 나는 맞춰 본다오.

그날 밤 거문고와 시로 화답하면서 밤이 깊어 가는 줄 모르고 술을
마셨다. 매창은
술을 잘 마시지는 못했으나 억지로 권하면 몇 잔은 마셨다.

그들은 열흘 동안 내소사 직소폭포, 그리고 변산반도 바닷길을 유람
하며 달과 바람과 꽃과 함께 꿈같은 시간을 보냈다.
이 세상의 즐거움은 이보다 더 좋을 수 없을 정도로 촌은과 매창은
그 순간들이 행복했다. 그러나
행복은 단 열흘로 끝이 났다.

14만 대병력으로 왜구가 침공하여 7년간 우리나라를 초토화시킨
임진왜란이 발발한 것이다.
촌은은 전쟁터로 향했고 매창은 붙잡지 않았다. 오히려
의병 활동을 하겠다는 촌은이 자랑스러웠다.
매창의 슬픈 듯 희미한 미소를 뒤로하고 촌은은 전쟁터로 떠났다.
촌은을 떠나보내는 날 비가 내렸다.

이화우 흩날릴 제 울며 잡고 이별한 님

추풍낙엽에 저도 날 생각하는가

천 리에 외로운 꿈만 오락가락하노라.

1년 후 촌은에게서 인편으로 편지가 왔디.

왜구와 싸우기에 여념이 없다는 사연과 시 한 편이 동봉되어 있었다.

헤어진 그대는 아득히도 멀어
나그네는 시름에 잠 못 이루네
소식조차 끊어져 애가 타는데
오동잎 찬 빗소리 차마 못 들어.

다음날 매창은 촌은을 찾아 나섰다.
갖은 고난을 겪으며 촌은을
찾아 헤맸으나
찾을 길이 없었다.
의병 활동을 하는 그의 소재를
 파악할 수 없었다.
매창은 그냥 돌아와야 했다. 매창은
그날로 몸져누웠다.

세월이 흘러도 촌은에 대한 그리움은 더해만 갔다.

가슴 시린 그리움의 정은 그녀를 소생시키지 못하고 37세의 젊은 나
이에

숨을 거두게 했다.

매창이 죽던 날 촌은을 이별하던 날처럼 부슬비가 내렸다.

풍진세상 고해에는 시비도 많은데

깊은 규방 긴 밤이 천년만 같구려

덧없이 지는 해에 머리를 돌려 보니

구름 속 첩첩 청산이 눈앞을 가리네.

촌은 유희경은 의병 활동을 한 공으로 동정대부가 되었고 나중에는
판윤으로 추증되었다.

자신을 애타게 그리다가 죽어 간 매창을 그리워하며 시 한 수를 썼다.

맑은 눈 하얀 이에 푸른 눈썹의 계랑아
홀연히 뜬구름 떠나간 곳이 아득하구나
꽃다운 넋은 죽어서 저승으로 갔는가
그 누가 너의 옥골 고향에 묻어 주랴.

《홍길동전》의 저자 허균 선생은 매창의 시재詩才를 사랑하여
그녀가 죽을 때까지 마음으로만 사랑했다.

오묘한 시구는 비단을 자아내고
아름다운 노래는 가던 구름 머무네
선도를 훔치고 하계한 서왕모인가
향약을 훔치고 인간에 온 항아인가 (하략)

6. 부용 시인

부용화 곱게 피니 연못 가득 붉어라

사람들 말하기를 나보다 예쁘다네

아침 녘에 둑 위를 걷노라니

연꽃은 아니 보고 어찌 나만 보나.

술이 지나치면 본성을 잃기 쉽고

시를 잘 지으면 사람은 가난하게 되네

시와 술을 비록 벗한다 하더라도

멀리도 말고 또한 가까이도 마오.

(전략)
사절四絶은 옳지 않고
오절五絶이라야 마땅하리
산수山水 모두 좋은데다
풍월風月까지 어울린 곳
절세가인 더하여
뛰어난 오절이어라.

운초 김부용 시인은 심지가 굳고 자긍심이 강한 여인이었다.
그의 시는 모두가 서사적이다.
그의 시에는 서정적인 나약함이 없다.

옥구슬 천만 섬을

유리 반에 쏟아붓는구나

알알이 동그란 모양이

물나라 신선이 빚은 환약일세.

쏟아지는 빗방울을 환약으로 비유한 것은

빼어난 표현력이 아닐 수 없다.

시와 문장으로 일세를 풍미했던

연천 김이양 대감은 그녀를 만나 보고 싶었다.

연천이 평양 감사로 부임하던 날

성천 현감의 주선으로 두 사람은 첫 대면을 했다.

청초한 아름다움과 귀티 나는 부용의 자태는 황홀했다.

연천 대감은 옥골선풍이었다.

고담古談한 풍채에 하얀 머리가 보기에 좋았다.

두 사람은 부벽루, 을밀대 등 평양의 명승지를

시를 짓고 토론을 하며 유람했다.

나이를 초월하여 두 사람이 추구하는 이상은 같았다.

부용은 난생처음 행복을 느꼈다.

그녀의 가슴엔 사랑이 움텄다.

부용을 여자로 대하기에는 자신이 너무 늙었다는 사실을
잘 알고 있는 연천은 그녀와의 사이에
거리감을 두려고 애를 썼다. 그러나
부용의 생각은 달랐다.

서른 살 노인도 있고 여든 살 청년도 있다.
사랑하는 일에 연령이 장애가 될 수는 없다.
부용의 생각은 확고했다.
육체의 교환交換을 혐오해 왔던 그녀였지만
연천의 옷깃만 스쳐도 황홀하다.
연천에게서는 춘정이 느껴진다.
그리하여
소슬바람이 가랑잎을 날리던 날 밤 두 사람은
원앙금침에 들었다.

연천의 나이 일흔일곱, 부용은 열아홉.

연천은 부용의 몸을 보물 다루듯 조심스럽게

품어 안았다. 연천의

능란하고 극진한 애무에 그녀는 황홀했다.

그날 이후 그녀는

새로운 세계를 발건하게 되어

성숙한 여인이 되었고, 연천은

환골탈태한 듯 청춘을 되찾았다.

연천은 부용을 끔찍이 사랑했고

부용은 나이 든 연천의 건강을 지성으로 돌보았다.

두 사람은 끊을 수 없는 인연을 쌓아 갔다.

꿈같은 세월이 흘러

연천의 나이 여든여섯, 부용은 스물여덟. 어느 날 부용은

자신이 인생을 크게 잘못 살아가고 있는 것 같다는 생각을 했다.

젊은 여자는 젊은 남자와 살아야 되는 것이 아닐까?

남녀의 정의情誼는 육체관계가 전부일 수는 없지만

풍류만으로 만족하기엔 그녀의 젊은 육체가 고독했다.

목화송이 같은 함박눈이 내리는 날

벽에 시 한 수 적어 놓고 그녀는 집을 나왔다.

나그네의 청춘은 아직도 멀고 먼데

주인의 백발은 파뿌리로 어지럽도다.

풍진세상을 6개월간 떠돌며 그녀는 많은 생각을 했다.

'꽃 피는 아침에 새가 울어도 그대 생각뿐이요
달 밝은 밤 벌레 소리에도 그대 생각뿐이로다.'
자신을 끔찍이 아껴 주던 노대감을 생각하며
그녀는 울었다.
가을 하늘같이 맑은 마음이 되어 집으로 돌아왔다.

"조금 사람이 되어 돌아왔습니다."
땅에 주저앉아 고개를 못 드는 그녀의 어깨를 다정하게
감싸 주는 연천의 모습은 전과 다름이 없었다.

천품이 좋았던 연천 대감은 83세에 관직에서 물러나
봉조하奉朝賀가 되어 종신토록 녹을 받는 영광을 누렸다.
총명하고 현명한 부용을 만났기 때문이라는 말을 남기고
그는 92세에 이 세상을 하직했다.

풍류와 기개는 산수의 주인이고
경술과 문장은 재상의 재목이었다
십오 년 살아오다가 오늘 눈물 흘리니
높고 넓은 덕 한번 끊어지면 누가 다시 이으랴.

7. 순애보

함경도 산골에 홀로 사는
과부가 있었는데 어느 날
석양에 탁발승이 나타나 하룻밤
재워 주기를 청하면서 꿈
이야기를 했다.
"망망대해 한복판에 연꽃 한 송이
가 피어오르더니 급기야는 바다
전체가 꽃 한 송이로 가득 차
버리더라."
과부 역시 어젯밤 꿈에 어떤 중이
연꽃 한 송이를 주고 간지라
두 사람은 자연스럽게 하룻밤을
보내게 되었다.
동이 트자 중은 어디론가 떠나 버렸고
소춘풍은 성도 이름도 모르는
탁발승에게서 태어났다.

어려서부터 총명하고 미모가 뛰어났으며, 마음씨 고왔던 소춘풍은
영흥에서 기생으로 성장했다. 그는
가무에 출중했으며, 그의 시는 해학적이고 풍자적이었다.
풍류를 모르는 사람과는 어울리지도 않으며 기생으로서의 성가聲價
를 높여 갔다.

9대 성종은 조선 왕조 사상
성군으로 지칭될 만큼
치적이 많고
선정을 베푼 군왕이자
보기 드문 풍류객이었다.
방방곡곡에서 내로라하는
기생들을 한양으로 불러들여
대궐에서
자주 주연을 베풀었다.

선상기녀選上妓女로 뽑혀 한양으로 오게 된 소춘풍은 임금이 베푼 주연 석상에서 기지 넘치는 시가詩歌로 문무백관들의 마음을 사로잡았다.

고금을 통해서 사리에 통달한 선비[文臣]를 마다하고 어찌하여 제 설 곳도 모르는, 분별없는 무신武臣을 좇겠는가?

문신文臣을 치켜세우고 무신武臣을 능멸한 노랫가락에 무신들은 노했다.

문신과 무신이 한결같은 줄을 나도 이미 알고 있사오니

두어라, 용맹스럽고 늠름한 무사를 아니 따르고 어이하리오.

이번에는 무신들의 얼굴이 펴졌다.

제나라도 큰 나라요 초나라도 대국이다

조그만 등나라가 제나라와 초나라 사이에 끼어 있도다

두어라, 둘 다 좋으니 제나라도 섬기고 초나라도 섬기리라.

임금과 문무백관들은 즐거웠다.

그날 이후 소춘풍의 성가는 더욱 높아지게 되었고

성종은 그녀를 좋아하게 되었다.

며칠 후 성종은 소춘풍을 대궐로 초청했다.

단 둘이 주안상을 앞에 놓고 임금은 말했다.

"오늘 밤을 너와 함께 보내고 싶구나."

"……."

한참을 말없이 고개만 숙이고 있던 소춘풍이 임금을 바라보면서 말했다.

"오늘 성상을 뫼시면 그 후부터는 많은 구속을 받으며 살아가야 합니다."

"……!"

임금은 씁쓸했지만 속으로 감탄했다.

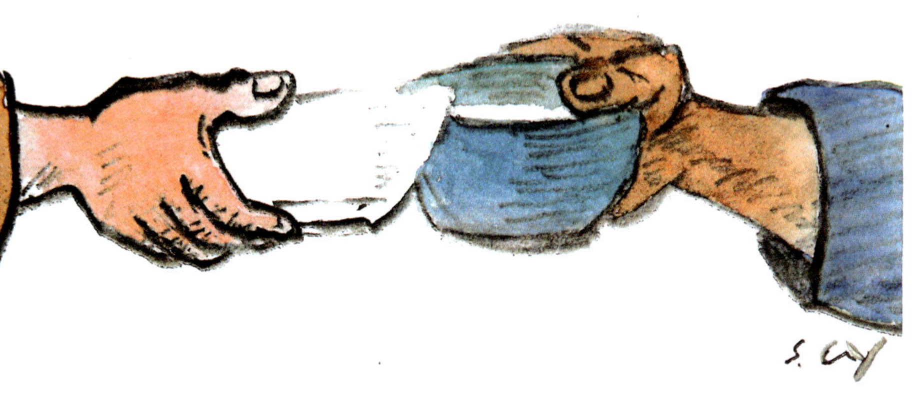

자유분방하게 살고
싶어 하는 그를
성종은 이해했다.
"지금 이야기는 없었던 것으로 하고
술이나 마시자."

그날 밤 둘은
술만 마셨다.

십여 일 후 어둠이 깔린 밤,

성종은 나그네 복장으로 소춘풍의 집을 찾았다.

"오늘 밤 나는 임금이 아닌 한량의 자격으로 너를 찾았다.

지금 나는 꽃을 찾아온 한 마리 나비에 불과하다. 나는

열세 살에 등극하여 이십여 년간 나 자신을 잊은 채 살아왔다.

권세와 아첨 속에서 허깨비로 살았다."

소춘풍은 눈앞에 있는 한량이 군왕이 아닌 한 사람의 지아비로 보였다.

그날 밤 두 사람은 사랑을 불태웠다.

그 후 성종은 밤에 미복微服 차림으로 소춘풍을 찾았고

궁궐 연회석상에서 이따금 만나 볼 수 있는 사이가 되었다.

소춘풍은 임금만을 그리워하며 보낸 한양 생활이 짧기만 했다.

성종이 37세의 젊은 나이에 타계하자 그녀는 곧바로 한양을 떠났다.

정처 없이 떠돌아 안변의 석왕사에 들러 전에 어머니가 들려준 모습의 운야 대사를 만났다.

암자를 내려오던 소춘풍이 무엇인가 할 말이 있을 것 같아서 다시 석왕사에 들렀으나 그때는 이미 대사를 찾을 길이 없었다.

그 후 금강산 유정사에서 입적했다는 소식을 듣고 소춘풍은 그날로 머리를 깎았다.

그의 법명은 운심雲心이었다.

8. 망부석

달님이시여, 높게 높게 좀 돋으시어
아, 좀 더 멀리멀리까지 비춰 주시옵소서
당신은 지금 어느 저잣거리에 계십니까
아, 혹시 다른 여인에게 빠져 계신 것은 아닌가요?
임이시여,
모든 것 다 떨쳐 버리시고 빨리 저에게로 돌아와 주옵소서
아, 당신을 맞으러 가는 길이 저물까 보아
걱정이외다.

이 시는 유일한 백제의 노래 〈정읍사〉다.

행상을 떠날 때 그녀의 손을 꼬옥 잡고 다시 만날 날을 기약하며
남편은 떠났다.
믿음이 가는 그의 눈길을 바라보며 그녀는 말없이 눈물만 흘렸었다.
옷깃만 스쳐도 인연이라는데 많고 많은 사람 중에 그와 나는 같은
곳을 한마음으로 바라보는 부부가 되었다.

한 몸이 되는 날 그녀의 몸은
불덩이로 타오르며 활짝 피었다.
구름 위를 둥실 떠가는 황홀경에 빠졌었다.
그를 보내고
그녀는 밤마다 남편의 꿈을 꾸었다.
어제는 그가 돌아와 한 몸이 되는 꿈을 꾸었다.

그녀는

휘청거리는 마음으로 집을 나왔다.

소슬한 바람이 불어 가을걷이 끝난 들녘을 황량하게 했다.

마른 풀잎 사이에서 흔들리는 들국화의 보랏빛이 더욱 서글프다.

바람처럼 떠도는 남편은 지금 어느 하늘 아래에서

무엇을 하고 있을까?

해는 서쪽 하늘에
매달려 있다.
눈부시게 불탔던 노을도
이제는 사라지고
하늘 저 멀리 상현달만
희미하다.
그녀는 그 자리에서 떠날 줄을
몰랐다.
그녀는
남편이 떠난 북쪽 하늘을
바라보며
돌처럼 서 있었다.

9. 풍류 가객

주옹은 노래를 잘 불렀고 음률에 정통했다.

팔도 전역,

가는 곳마다 술이 있고 노래와 여인들이 있었다.

그는 호방한 풍류 가객이었다.

평양 출신 능운은 문장을 겸비한 뛰어난 성악가였다.
애원 처절한 그녀의 노래는 주옹의 가슴속으로 끝없는
감동의 물결이 밀려들게 했다.
그는 그녀를 사랑했다.

곱기도 하구나 저 꽃이여
반쯤이나 핀 저 꽃이여!
더하지도 덜하지도 말고
매양
그만만 해 있어서
봄바람에 향기를 찾아 헤매는 나비를
웃으며 맞아 주려무나.

능운 역시 주옹을 공경하며 사랑했다.

그녀는 그를 사랑하는 것을 감추거나 부끄러워하지 않았다.

여러 해가 지난 다음에도 그녀는 그날 밤 일을 생각하면

가슴 저리게 감미로운 기분에 휩싸이곤 했다.

유난히 맑은 가을 달 아래서 시 한 수를 지었다.

동산에 달 오르면 오마 하신 우리 님이
달은 벌써 떴건마는 임은 아니 오시네
아마도 생각컨대 임이 계신 그곳에는
산이 너무 높아 달이 더디 뜨나 보오.

화사하면서도 묘한 슬픈 기색이
도는 능운은 그의 노래 솜씨로
주옹을 감동시켰다.
언제까지나 청춘을 간직할 것만
같은 청순하고 앳된
능운이 저 세상으로 가던 날
주옹은 슬펐다.

슬프다, 능운이 영영 가니
가을 맑은 달빛이
임자 없이 되었구나
아침 구름 저녁 비에 네
생각 그리워서
어이할꼬
묻노니
너의 맑은 노래와 미묘한 춤을
뉘에게 전하고 갔느냐.

98

주옹 안민영은 개인 시조집 《금옥총서》를 남겼고 《가곡원류》를 편찬, 간행하여 근세 시조문학사에 공헌이 큰 사람이다.

그리고 최다량의 시조를 남긴 사람이었다.

그의 시조에는 이런 것도 있다.

매화여, 차가운 눈 속에서도 너 정녕 피었구나

가만히 향기를 내어 황혼에 달 뜨기를 기약하니

아마도 풍치와 높은 절개는 너뿐인가 하노라.

10. 홍랑의 사랑

함경도 홍원 땅에 홍랑이라는 소녀가 살고 있었다.
소녀는 아버지의 얼굴도 모르며 편모슬하에서 가난한 어린 시절을
보냈다.
어머니가 아파 눕자
소녀는 명의를 찾아 팔십 리를 걸어갔다.
어린 소녀의 효성에 감동한 의원은 소녀를 나귀 등에 태우고 그녀의
집에 도착했다.
그러나 이미 어머니는 숨져 있었다.

천애 고아가 된 홍랑은 의원의 수양딸이 되어 시문詩文과 육례를 배
우며 남부럽지 않은 생활을 하며 성장할 수 있었다.

그 후 홍랑은 기녀가 되었다.
홍랑의 미모는 출중했지만 그녀의 얼굴에는 묘한 슬픈 기색이 감돌
았다.

홍랑은 천부적인 시재詩才를 발휘하며 당대의 청백리이며, 이달, 백
광흠과 함께 '삼당시인三唐詩人'으로 추앙받던 고죽 최경창을 흠모
했다.

고죽이 북해 평사로 부임하던 날 홍랑은
꿈에 그리던 고죽을 만날 수 있었다.

고죽은 첫 만남부터 홍랑을 좋아하게 되었다.

홍랑의 눈 시리고 가슴 저리게 하는 미모와 예의범절,

사람을 전적으로 믿는 대범함과

찰싹 달라붙는 듯한 태도는 고죽의 넋을 송두리째 빼앗았다.

어느 것 하나 나무랄 데 없는 홍랑이 고죽은 좋았다.

특히 빼어난 글 솜씨는 그녀를 돋보이게 했다.

천애 고아인 자신을 마치 피붙이인 양

다정하게 감싸 주는 고죽에게서 홍랑은 부정父情을 느꼈다.

고전古典을 토론하고 시문을 주고받으며

두 사람은 한 가닥 보이지 않는 사랑의 실이 감겨오는 듯함을 느꼈

다.

그날 밤 지는 달을 바라보며 창문 곁에 앉아

두 사람은 대작을 했다.

1년 후 고죽이 내직으로 떠나는 날까지 두 사람의 정은
날이 갈수록 더욱 도타워만 갔다.

묏버들 한 가지를 꺾어서 임에게 드리옵니다
주무시는 창밖에 심어 두고 보시구려
밤비로 그 가지에 새잎이 돋거든 저를 기억해 주소서.

고죽이 떠난 후

홍랑은 두문불출하며 고죽을 기다렸다.

3년을 애타게 기다리면서도

고죽을 생각하면

행복과 고마운 마음으로 그녀의 가슴은

언제나 빛나는 태양처럼 넘쳤다.

고죽이 병상에 누워 있다는 소식을 전해 들은 홍랑은
그날로 길을 떠나 고죽을 만났으나
고죽은 홍랑을 보내야만 했다.
왕비의 국상이 있을 때여서 홍랑과의 사랑이
문제가 되었고
마침내 고죽이
관직에서 물러나야 하는 사대로까지 번지게 되었다.
홍랑은 울며 발길을 돌릴 수밖에 없었다.

안개비 뽀오얀 속에 실버들은 늘어지고

가는 배는 떠나려 하며 일부러 느릿느릿

이별의 이 마음을 강물에 비기지 마오

물은 흘러 한 번 가면 다시 못 오는 것을.

고죽은 홍랑의 시를 화선지에 옮겨 가전家傳하게 했다.

홍랑은 임진왜란 때 고죽의 시를 병화에서 구해 냈다.

홍랑이 죽은 뒤 고죽의 후손들은 고죽의 묘 아래

그녀를 장사지내 주었다.

11. 송이의 비련

해주 사는 박준한은 한양으로 과거 보러 가던 중 강화에서 하룻밤을
유숙하며 송이라는 기생과 술을 마시게 되었다.

송이는 시재詩才가 뛰어나고 때 묻지 않은 순수함을 간직해 바라볼수
록 정이 가는 여인이있다.

그날 밤 박준한은 송이의 미모에 제정신이 아니었고

송이는 송이대로 박준한에게서 강렬하게 남성을 느꼈다.

처음 보는 순간부터 가슴에서 불길이 일어나는 충격을 느꼈다.

박준한은 송이의 손을 잡고 그녀의 야릇하게 고운 눈매를 보며
조용히 말했다.
"하룻밤 정을 나누고 싶소."
"……."
송이는 말없이 귓불을 붉히며 시 한 수를 지어 주었다.

솔이 솔이라 하니 무슨 소나무로만 여기십니까
천 길 되는 절벽에 사철 푸른 낙락장송도 있습니다
길 아래 지나가는 더벅머리 나무꾼의 작은 낫으로는
걸어 볼 수도 없습니다.

낙락장송은 자신이고 나무꾼의 작은 낫은 기생은 마음대로 할 수
있다는 생각으로 덤벼드는 박준한을 비유한 것이다.
단호한 거절이 아닐 수 없다.
박준한은 할 말을 찾지 못했다.

"과시를 보러 가는 길에 객주 집에 빠져 큰일을 그르쳐서야
되겠습니까?"

박준한은 송이의 속 깊은 뜻을 고마워하며 사과했다.

과거를 보고 돌아오는 길에 들르겠다는 약속을 하고 그는 떠났다.

이렇게 헤어진 박준한은 진사시에 급제하여 송이 앞에 나타났고

그리하여 그날 밤

두 사람은 뜨거운 밤을 보냈다.

그러나 박준한은 떠나야만 했다.

굳은 약속으로 후일을 기약하는 박준한에게 송이는

시 한 수를 주었다.

내 사랑 남 주지 말고 남의 사랑 탐치 마소

우리 두 사랑에 행여 잡사랑 섞일세라

일생에 이 사랑 가지고 괴야 살려 하노라.

그로부터 송이는 기녀 생활을 청산하고 박준한이 오기만을 기다렸다.
밤마다 박준한의 꿈을 꾸었다. 그와 손잡고 봄 언덕을 걷기도 하고
낙엽 지는 산골에서 단 둘이 숨어 사는 꿈도 꾸었다.
그래도 박준한은 나타나지 아니했다.

이리하여 나를 속이고 저리하여 또 나를 속이니
원수 같은 이 일을 이제는 잊을 만도 하다마는
떠날 때의 언약이 굳으니 그를 잊지 못하겠구나.

이럴 즈음 박준한으로부터 서찰이 왔다.
그 속에는 시 한 수가 적혀 있었다.

달빛 아래서 약속한 그 임이 닭이 울도록 아니 온다
새 임을 만났는지 옛 정이 들었던 임에게 잡혔는지
아무리 한때의 인연인들 이렇게 속일 수가 있을까.

송이는 울었다.
그토록 나를 그리워했단 말인가?

집에 돌아온 박준한은 그길로 이름 모를 병을 얻어 자리에 누웠다.

백약이 무효했고 홀어머니의 지극 정성에도 어찌할 수가 없었다.

끝내 일어나지 못하고 그는 세상을 떠났다.

병석에서 써 놓은 시 한 수가 서책 갈피에서 나왔고

그것을 어머니가 보낸 것이다.

어머니는 자식의 장례를 치른 후 불도에 귀의했다.

그 후 송이는 박준한의 어머니가 수도하는 암자에 들어가

머리를 깎고 중이 되었다.

12. 한우가 사랑한 사람

백호白湖 임제林悌가 집필한 〈화사花史〉라는 가전체 소설은 주제, 표현 수법, 작가의식 등에서 조선 시대 의인문학의 정상을 차지할 만한 작품이다.

작가의 삶에서 우러난 강렬한 작가 정신을 그대로 담고 있어 그의 문학 정신을 더욱 높이 평가하는 것이다.

임백호는 흉중에 막힘이 없고 호방하고 기품이 있는 인물이었으며 강한 예술혼을 간직한 기인奇人이었다.

조선 시대의 대표적인 멋쟁이요 풍류 한량이기도 한 그는 수많은 여인과의 정화情話를 남겼다.

청초 우거진 골에 자는 듯 누웠는가
홍안은 어디 두고 백골만 묻혔는가
잔 잡아 권할 이 없으니 그를 슬퍼하노라.

황진이의 무덤을 찾아가 노래를 부르고 조상했다는 그는 한겨울에
어린 기녀에게 부채를 선물하면서 시를 적었다.

추운 겨울에 부채를 선사하는 이 마음을
너는 아직 어려 그 뜻을 모를 것이다
오뉴월 복더위 같은 불길을 이 부채로 식히렴.

음악이 뛰어나고 시조에 능한 한우寒雨[찬비]라는 기생이 있었
는데, 한우는 여간해서 마음을 열지 아니했다.

어느 날 밤 두 사람이 술자리에서 어울리게 되었다.

술을 마시며 시와 음악을 이야기하는 동안 두 사람의

마음은 합일이 되었다.

술이 얼큰히 취한 임백호는 즉흥적으로 시조를 읊었다.

북쪽 하늘이 맑길래 우산도 없이 집을 나섰더니

산에는 눈이 내리고 들에는 찬비가 내리는구나

오늘은 기왕에 찬비를 맞았으니 얼어 자야 할 모양이구나.

방 안은 조용했다.

촛대의 황초불만 말없이 펄럭이고 있었다. 한우는

빈 잔에 술을 따라 단숨에 마시고 가야금에 손을 얹었다.

어이하여 얼어 자려 하십니까, 무슨 일로 얼어 자시려나요
원앙 베개, 비취 이불 어디에 두고 얼어 자려 하십니까
오늘은 찬비[寒雨]를 만났으니 덥게 주무시고 가시구려.

끊일 듯 이어지는 한우의 노랫소리에는 구구절절 뜨거운 열정이
배어 있었다.
무릎에 가야금을 내려놓는 한우를 임백호는 끌어안았다.
의식적으로 닫아 걸었던 한우의 마음의 빗장이 소리 없이 풀렸다.
한우는 다재다능한 이상적인 여인이었고 예인이었지만 일세를
풍미한 풍류 시인을 만나서 그의 마음을 활짝 열어 버린 것이다.
막혔던 봇물이 터진 듯 그날 밤 한우의 정염은 뜨겁게 타올랐다.

13. 사가정과 매월당

서거정의 자字는 강중이고 호號는 사가정四佳亭이다.
학문이 깊어 천문, 지리, 의약에 통했고《동문선》을 편찬하여 우리나
라 한문학의 독자성을 내세웠다.
개성이 뚜렷한 초기 조선 시대의 대표적인 문장가이며 뛰어난 시인
이다.

초가집은 대나무 길에 있었고
가을날 화사하다 맑게 갠 햇빛
과일은 무르익어 떠받친 가지에 매달려 있고
외는 싸느랗게 덩굴에 드물구나
나니는 벌들은 정처 없이 날고
한가한 오리는 서로 어울려 조네
몸과 마음이 한가함을 알아차려서
늦었지만 시골에 사는 소원이 이루어
졌으면.

45년간을 관직에 몸담으면서도
대숲 길이 있는 초가집에서
한적한 전원생활을 하며
시와 문장을 벗 삼아 유유자적하기를 동경했다.

어느 날 출근길에
거지 차림의 사내가 땅바닥에 주저앉아 남여藍輿를 가로막으며 소리
쳤다.
"여보게, 강중! 잘 있었는가?"
자세히 보니 매월당梅月堂 김시습이었다.
남여에서 급히 내려 매월당을 부축했다.
"이보게, 동봉 아닌가? 어서 일어나게나!"

내 당신을 좋아하노니
본래 참된 사람이어서네
도는 혜능慧能에 나왔고
시는 무본無本과 가까워
높은 뜻은 이미 소문의 주인
청담은 사람을 감동시키지
서로의 사귐이 다행이다 보니
다시 맺으리, 저 세상에 간데도.

우리나라 최초의 소설 《금오신화》의 저자인 매월낭 선생을 높이 평
가하는 선생은 매월당이 정계로 나오기를 은근히 권했다.

약 캐는 산중에는 봄이 가고 가을이 오니
이 한 몸 기쁨도 없지만 근심도 없어
멀리서도 알고 말고 육조를 달리는 이가
흰 머리에 홍진紅塵이 덮여도 못 깨달음을.

세속에 나갈 생각이 없는 매월당은 오히려
선생을 걱정했다.
서거정 선생은 여섯 임금을 섬겼고
김시습 선생은 수양대군의 왕위 찬탈에 반대하여
평생을 생육신으로 살았다.
이렇듯
입장을 달리 한 삶을 살아가면서도
두 사람은
서로를 염려하며, 이해하며
평생을 지기지우로 살았다.

14. 진옥의 짧은 사랑

일세의 문장가요 정치가인 송강 정철이 유배 생활에 적응이 안 되어

울분과 실의의 나날을 술로 달랬다.

달은 밝고 가을바람에 오동잎이 스산한 밤

송강의 마음은 적막하고 쓸쓸했다.

그때 소리 없이 나타난 젊은 여인이 있었으니

그녀가 진옥이었다.

달빛 아래 가야금을 들고 말없이 서 있는 여인!

"당신은 누구요?"

"예, 진옥이라 합니다."

강계 고을 기적에 올라 있는 진옥은 시재詩才가 뛰어났고 가야금을
잘 탔다. 그리고 지혜로운 여인이었다.
당시 대시인이었던 송강 선생에게 매료되어 흠모하게 되었는데 그
분이 이곳으로 유배되어 온 것이다.

세상에 살면서도 그 세상을 모르겠고
하늘 밑에 살면서도 하늘 보기 어렵도다
내 마음 아는 것은 오직 백발 너뿐인데
나를 따라 또 한 해 세월을 넘는구나.

가야금 병창으로 부르는 진옥의 노래는 유배 생활의 쓸쓸함을 표출
한 송강 자신의 시였다.
송강은 감탄했다.
오랫동안 헤어졌던 정인들의 해후인 듯 두 사람은 떨어질 줄을 몰랐다.

그날부터 송강의 적소謫所는 낙원이 되었다.

진옥의 샘솟는 듯한 지혜와 슬기는 송강 예술을 승화시켰다.

두 사람의 애정은 깊어만 갔다.

시간이 흐를수록 진옥이 지혜롭고 슬기로운 여인이라는 것을 송강
은 알게 되었다.

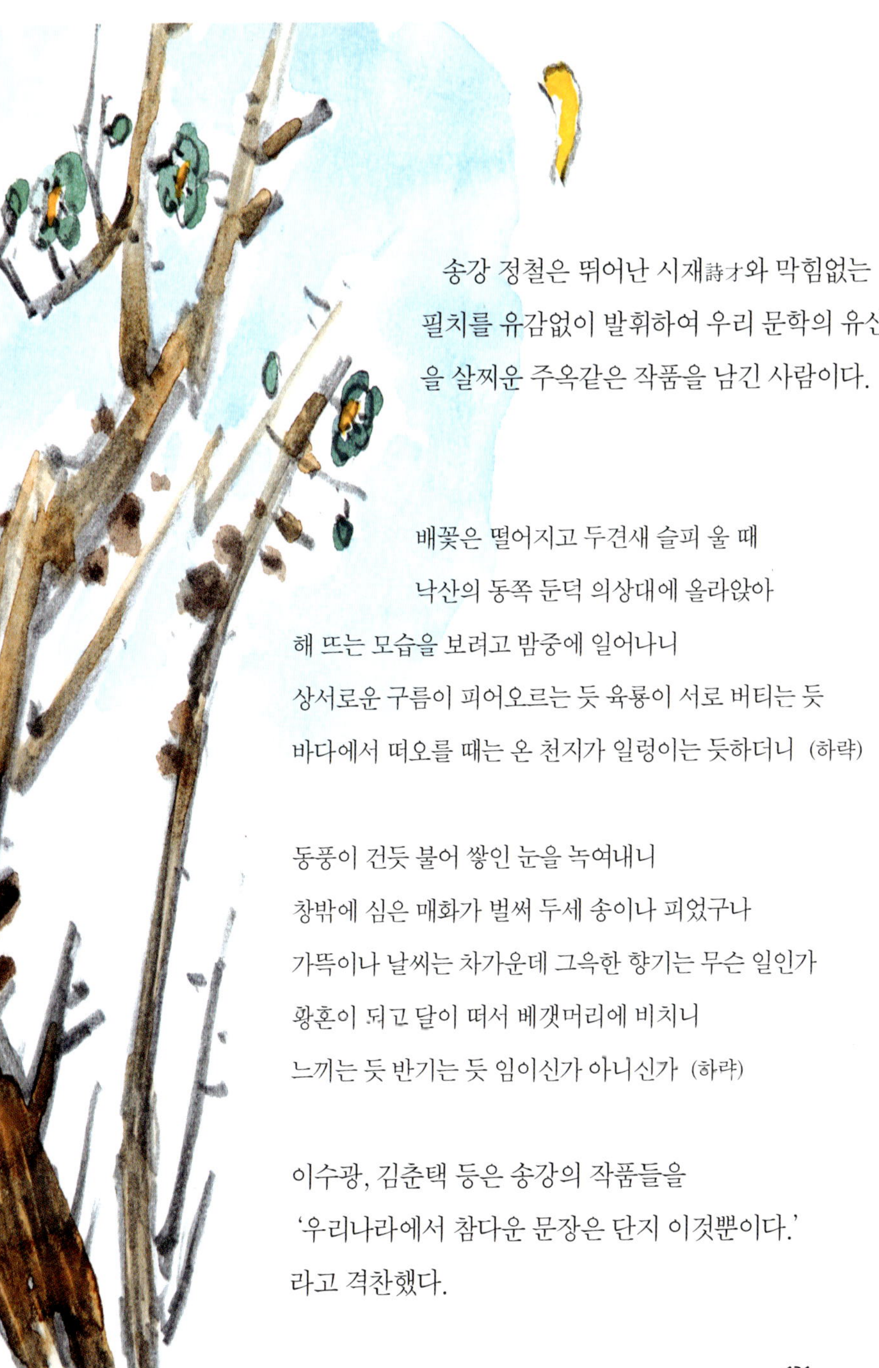

송강 정철은 뛰어난 시재詩才와 막힘없는
필치를 유감없이 발휘하여 우리 문학의 유산
을 살찌운 주옥같은 작품을 남긴 사람이다.

배꽃은 떨어지고 두견새 슬피 울 때
낙산의 동쪽 둔덕 의상대에 올라앉아
해 뜨는 모습을 보려고 밤중에 일어나니
상서로운 구름이 피어오르는 듯 육룡이 서로 버티는 듯
바다에서 떠오를 때는 온 천지가 일렁이는 듯하더니 (하략)

동풍이 건듯 불어 쌓인 눈을 녹여내니
창밖에 심은 매화가 벌써 두세 송이나 피었구나
가뜩이나 날씨는 차가운데 그윽한 향기는 무슨 일인가
황혼이 되고 달이 떠서 베갯머리에 비치니
느끼는 듯 반기는 듯 임이신가 아니신가 (하략)

이수광, 김춘택 등은 송강의 작품들을
'우리나라에서 참다운 문장은 단지 이것뿐이다.'
라고 격찬했다.

적소 생활이 풀려 송강이 다시 벼슬길로 나가게 되었을 때
진옥은 아쉬우면서도 기뻤다.

오늘 밤에도 이별하는 이들 많겠지요
슬프다, 밝은 달빛만 물 위에 지네
애달프다, 이 밤을 그대는 어디서 자오
나그네 창가엔 외로운 기러기 울음뿐.

다시 복직된 송강이 한양으로 올라올 것을 종용했으나 진옥은 거절
했다.

15. 사랑의 끝

박신은 한성부윤과 이조판서를 지내고 유배 생활도 13년이나 했다.
파란 많은 관직 생활을 하며 82세에 운명한 고려 말 조선 초의 문신
이다.

박신이 강릉 부사로 있을 때 홍장이라는 기생을 만났다.
홍장은 시인이었고 그녀의 시는 절창이었다.
분위기 있는 얼굴에 슬픈 듯한 그녀의 미소는
박신의 가슴을 시리게 했다.

그리하여 그날 이후 두 사람 사이에는 만날 일이 많아졌다.
달 밝은 한송정에서 두 사람은 사랑을 키웠다.
경포호 수면을 반짝이게 하는 달빛 아래서
두 사람은 애절한 사연을 쌓아갔다.
두 사람의 사랑은 불장난이 아니었다.

그러나 박신은 떠나야만 했다.

울며 불며 잡은 소맷자락을

무정하게 떨치고 가지 마시구려

풀빛 푸른 긴 뚝에는

해도 이미 저물었다오

객창에서 꺼져 가는 등불의 심지를 돋우고

밤을 세워 보면

당신을 향한 나의 사랑을 아시리이다.

박신과 이별한 후 그녀는
박신이 그녀의 전부였음을 확인했다.
그녀는 눈물로 고독의 밤을 지새는 날이 많아졌다.

한송정 정자 위
달 밝은 밤에 경포의 물결은 잔잔도 하네
신의가 있는 갈매기는 때 맞추어 찾아왔다
다시 돌아가건마는
어찌하여 우리 왕손은
한 번 가고는 다시 오지 않는가.

철이 바뀌고 해가 바뀌어도 박신에게선 소식이 없었다.

홍장은 자신이 잊혀진 여인이 아닐 것이라는 확신은 있었다.

그러나 물밀 듯 밀려오는 고독은

참으면 참을수록 그리움으로 깊어만 갔다.

해는 져 사립문 밖이 어둑하구려

봄풀은 해마다 또다시 푸르건만

떠나간 당신은 다시 오지 않는구려.

그 후 박신은 그녀를 한양으로 데려왔다.

그녀는 박신의 부실이 되어 죽을 때까지

행복하게 살았다고 한다.

16. 사랑은 하나가 아니었다

영조 때 황해도 곡산에 매화라는 동기童妓가 있었다.

문장이 출중하고 가무에 능했으며 용모가 뛰어난 재원才媛이었다.

송곳은 주머니에 있어도 삐져나오기 마련이라

매화의 소문은 날개를 달아

황해도 일원의 한량들이 곡산으로 몰려들었다.

그러나 매화는 그들을 거들떠보지도 않았다.

일생을 섬길 만한 남자가 나타나기만을 기다렸다.

해주 감사 어윤경이 곡산에 들러 사또가 마련한 주연에서 매화를 만났다.

젊었을 때부터 호방한 풍류객이었던 어 감사는
매화의 미모에 감탄했다.

"너는 머리를 보니 동기인데 여태껏 머리를 올려 주겠다는 사람이 없더냐?"

"있었으나 거절했습니다."

"거절했다니?"

"몸을 허락할 만한 그런 분을 만나지 못했습니다."

"음……."

어 감사는 속으로 감탄했다.

십 년만 젊었어도 어떻게 해보겠다는 생각도 잠시 했다.

"나가 보아라."

감사의 위력이라면 강제로 수청을 들라 해도 거절하기 어려운 처지

인데…….

매화는 가만히 어 감사를 쳐다보았다.

"내가 비록 늙었으나 너 같은 미인을 보고 어찌
마음이 동하지 않겠느냐만
네 뜻이 가상하여 그러하니 어서 나가 보아라."
그동안 많은 남정네들에게 시달림을 받아 온 매화는
이런 분이라면 마음을 맡겨도 괜찮겠다는 생각을 했다.

"소녀는 오늘 밤 감사님을 모시겠습니다."

"가겠다더니 웬일이냐?"

"말씀을 듣고 보니 그런 생각이 듭니다."

"……."

어 감사는 말없이 매화의 손을 잡고 함께 술을 나누었다.

칠십 노령의 어윤경과 젊은 매화는 그날 밤

화촉을 밝혔다.

그리고 해주 감영으로 옮겼다. 그러나

세월이 흐를수록 매화는 노인과의 생활에 회의를 느끼기 시작했다.

이것이 인생의 전부일 수는 없다고 생각하게 되었다.

그러던 어느 날

곡산으로부터 연락이 왔다.
노모가 병들어 열흘을 못 넘길 것 같으니
급히 오라는 사연이었다.
다음날 일찍 매화는 길을 떠났다. 그런데
집에 도착하여 보니 어머니가 반갑게
맞이하는 게 아닌가.

매화가 해주 감영으로 간 후 신임
사또 홍시유는 부임하기가
무섭게 매화를 찾았다.
그러나 이미 감영으로 떠난 후
였다.
노모를 설득하여 매화에게 거짓
서찰을 보낸 것이다.

매화는 어머니의 간청으로 홍 사또를
만났다. 주안상을 앞에 놓고 사또는
마음에 그리던 여인과 마주 앉아
보니 흥이 절로 났다. 홍 사또는
매화 타령을 불렀고 매화는 노래에
맞춰 춤을 추었다.

젊고 잘생긴 홍 사또가 매화는 좋았다. 안 된다는 것을 알면서도
매화는 자기 감정에 충실하기로 했다.
그날 밤 그녀는 처음으로 여자로서의 기쁨을 느꼈다.
새로운 신비의 세계를 발견하게 된 매화는
인생이 즐거웠다. 그녀는 그로부터 보름 동인 홍시유와
끝없는 정염의 불길을 태웠다. 그러나

매화는 어 감사에게 돌아가야 했다.

아쉬움과 그리움을 안고 떠난 그녀는 어떻게든 홍시유에게 다시

돌아오겠다는 결심을 했다.

잠 못 들어 밤늦도록 뒤척일 때

궂은 빗방울 소리 그리움으로 애가 타네

누가 임 그리는 내 모습을 그려다가 임 앞에 전할까.

다음 날부터 칭병稱病하고 자리에 누워 버렸다.
의원을 부르고 약을 먹였으나 나을 리가 없는 병이었다.
그 후로는 미친 척했다.
머리를 풀고 거리를 쏘다녔다.
정녕 미친 짓을 했다. 감사는
백방으로 노력했으나 광증은 더욱 심해졌다.
속수무책이었다. 그리하여
어 감사는 매화를 고향으로 보냈다.

고향으로 돌아온 매화는 그길로 홍시유에게 달려갔다.
이제는 걱정 없이 사랑하는 사람 곁에서 살고 싶었다. 그러나
두 사람의 사랑은 오래 가지 못했다. 두 달 후

어 감사는 홍 사또를 감영으로 불렀다. 이 사건이
병신옥사로 이어져 결국 홍시유는 처형되고 말았다.

홍 사또의 정실부인은 남편을 따라 목을 매어 순사殉死했다.
매화는 홍시유의 내외를 보내고 시조 한 편을 남겼다.

매화 옛 등걸에 춘절이 돌아오니

옛 피던 가지에 피엄즉 하다마는

춘설이 난분분하니 필동 말동 하여라.

다음 날 매화의 시체가 홍시유의 무덤 곁에서 발견되었다.

2부
바람의 흔적

17. 소요산 기행

언젠가는 한번 와 보고 싶었던 이곳을 오늘 나는
눈 오는 날을 택하여 한걸음에 달려왔다.
먹자골목을 지나서
포장마차 집으로 달려갈 때까지 눈은 계속 내리고 있었다.
연탄난로에 손을 녹이며 막걸리 한 병으로 허기를 때우고
따뜻해진 마음으로 그 집을 나왔다.

원효대사와 요석 공주의 애틋한 사연이 천 년이 넘는 세월을
전설로 이어져 오는 소요산 골짜기.
하얀 웃음 가루로 쏟아지는 눈은
나뭇가지마다
은빛 털옷을 입히고 있다.
나는 이 길을 걸으며
혼자 하는 여행이 외롭지만은 않다는 생각을 했다.

원효대사의 성은 설薛씨요, 아명은 서당, 신당이다.

그는 타고난 총명으로

'진리는 밖에서 찾는 것이 아니라 자기 자신에게서 찾아야 한다.'

'모든 것에 거리낌이 없는 사람이라야 생사의 편안함을 얻는다.' 는

깨달음을 터득하고 불경을 누구나 알기 쉽게 노랫가락으로 만들어

대중에게 유포했다.

그는 어떤 틀에 구애됨이 없이 완전한 자유인으로 살았다.

그는 불교사상의 융합과 그 실천에 힘쓴 선구자이며

한국 불교사상 큰 발자취를 남긴 위대한 고승이다.

그의 저서는 240권이나 된다.

불혹의 나이가 된 원효는 춘의春意가 발동하여
"누가 나에게 자루 없는 도끼를 주려는가,
내가 하늘을 떠받칠 기둥을 찍어 보이리라."고
외치며 술에 취해 거리를 활보했다.

전쟁으로 남편을 잃고 젊어서 혼자된 요석 공주는 원효를

흠모하여 사랑했다.

어느 날 공주는

궁지기들에게 귀띔을 했다. 그 후 궁지기들은

원효를 미행하기 시작했다.

달빛 교교한 초여름, 술 취한 원효는
서라벌을 가로지르는 문천교를 지나고 있었다.
중간에서 궁지기들은 원효와 가벼운 실랑이를 벌였고,
물속으로 함께 뛰어내렸다. 그리고
물에 젖은 옷을 말린다는 핑계로 요석궁으로 데리고 갔다.
그리하여 그날 밤
요석궁에는 달이 온 밤을 밝히더니 공주는 설총을 잉태하였다.

원효대사는 요석 공주와 사랑을 나눈 뒤

파계승이 되어 전국을 방랑하다가 경치가 빼어난

이곳 소요산 골짜기에 자재암을 짓고 수행 정진하고 있었다.

19. 선운사 골짜기

선운사 골짜기로

선운사 동백꽃을 보러 갔더니

동백꽃은 아직 일러 피지 않았고

막걸리집 여인의 육자배기 가락에

작년 것만 상긔도 남았습니다

그것도 목이 쉬어 남았습니다.

선운사 입구에 육필 시비로 세워져 있는 미당 선생의 시다. 미당 선
생은 이곳 질마재 출신이다.

선운사 경내에는 회귀형 오솔길이 잘 조성되어 있다. 골짜기를 흐르는 개울을 사이에 두고 진흥굴, 도솔암, 암각여래상, 용문굴, 낙조대로 돌아오는 이 길을 천천히 걸으면 추억 하나를 만들 것 같은 생각이 든다.

이 길은 자기 자신의 정체성을 되돌아보게 하는 무언가가 있다.

아담하고 아기자기한 주변 경관이 사람들의 마음을 정서적으로 순화시키는

작용을 하기 때문일 것이다.

오늘 나는 이 길을 완주하고 싶었다. 그러나
일행들은 더 이상 올라갈 생각을 하지 않는다.
예술을 지향하는 그들 앞에 '잘 그려진 한 폭의 실경 산수화' 는
그들을 떠나지 못하게 하고 있다.
콧노래를 부르고 감탄하며, 이쪽저쪽에서 사진 찍기에 여념이 없다.
겨울을 재촉하는 비는 오락가락하고 잎 떨군 나목 사이로 새빨간
단풍잎이 타는 듯한 눈빛으로 사람들의 시선을 붙들고 있다.
비에 젖어 처연한 모습으로 그토록 강렬한 눈빛을 보내고 있는데
등 돌릴 사람이 누가 있겠는가.

나는 마음속 화선지를 펼치고
꿈꾸는 듯한 눈길로 구도를 잡았다.
과장이나 왜곡 없이
그대로의 이미지를 화폭에 담았다.

많은 예술가들의 마음에 색다른
자극을 제공하는 저 단풍은
얼마나 많은 세월을 이 골짜기에서
저렇게
애틋한 시선을 받고 있었을까.

선운사 골짜기의 늦가을 단풍은
가장 아름답고 정겨운 풍경 하나를
내 가슴에 심어 놓았다.

2010
5.

맛 고을 고창이 내 고향인 것을 자랑으로 여기는 나는
고향을 방문할 때마다 인솔자를 자임한다.
그래서 오늘 점심은 내가 안내를 했다.
풍천장어에 복분자주를 마시면서 이 고장 사람들은
'뼁도 쎄다.' 는 생각을 해 본다.

'오줌독이 뒤집혔다.' 는데 안 마셔 볼 사람이 있겠는가.

복분자주는 조금 마시고 소주로 양을 채우며 외암리 '이공李公' 이 손
수 담은 연엽주蓮葉酒를 곁들였더니 제 정신이 아니었다.

밥상에 오른 '농발게젓' 이 일품이라고 일행 모두가 칭찬했더니
주인은 포장해서 일행 모두에게 선물로 주었다.
맛 고을인 내 고향은 음식 인심 좋기로도 유명하다.

20. 칠산七山 앞바다

이른 아짐

짙은 안개 속에서 고창을 빠져나왔다.

동생이 나에게 보여 주고 싶었던 칠산 앞바다,

그곳을 향해 우리는 가고 있는 것이다.

매형과 김동식 교장이 함께한 이번 여행은 의미가 있다.

겨울 여행은 그 자체만으로도 가슴 설레는데

아름답게 살아가는 사람들과의 동행이어서 더욱 그렇다.

동생은 전에도 나에게 여행을 권했었다.
그가 돈황敦煌을 다녀올 비용을 주었지만
나는 그때 남도 여행을 했었다.
오늘도 나를 위해 운전대를 잡고 있는 동생은
따뜻한 가슴과 꿈이 있는 사람만이 간직할 수 있는
온기溫氣를 보유한 사람이다.
지금은 뜻 못 이룬 사람으로 보이지만
금시조의 꿈을 키우며
겨울에도 나무는 자란다는 사실을
그는 스스로 알고 있다.

추억처럼 안개에 젖어 있는
유년의 통학 길을 후딱 지나처 버리고
'성송', '대산'을 지나는 동안
짙은 안개는 여전했다.

난개발로 부스럼 딱지가 되어 버린 시골 풍경을
안개는 몽환적인 모습으로 바꿔 놓았다.

"형님에게 보여 주고 싶었던 칠산 앞바다는 못 볼 것 같네요."
"안 보이면 심안心眼으로 보겠네."

차가 영광 백수면 소재지에서 바다 쪽으로 접어들 때
좀처럼 걷힐 줄 몰랐던 안개는 서서히
자취를 감추어 가기 시작했다.
햇빛에 밀려 꿈틀거리며
연기처럼 사라져 가고 있었다.
전망대에서 바라보는 칠산 앞바다의 풍경은
한 폭의 동양화다.
해무海霧는 칠산을 지워 버렸고
주변 풍경은 여백을 살린 문인화文人畵가 되어 버렸다.

2010. 5. 01

한국전쟁 때 지리산으로 들어가지 못한 빨치산들이
최후까지 항거한 대덕산을 배경으로
해만海灣이 활처럼 휘어져 있는 바닷가는 뻘밭투성이였다.
검고 매끄러운 뻘밭을 밀물은
울먹 울먹이며 몸을 섞고 있었다.

원불교 발상지를 잠시 둘러보고 '홍농'을 지나 명사십리를 향해
차는 달리고 있다.

"문제 학생들과 함께 7박 8일 백두대간을
종주하는 동안 그들이 순화되었다."
차 안에서 김동식 교장은 시골 학교 수장으로
있을 때의 이야기를 했다.

교육 현장에서 현실적인 어려운 문제들을 가슴으로 해결하며
교육자로서의 소임을 다한 그는
지금도 향토 문화 길라잡이 일을 하며
구도자적인 삶을 살아가고 있다.
영혼이 맑은 그의 눈은 깊었다.

21. 구시포에서 동호 사이

전라도 특유의 밑반찬이 먹을 만해서 나는 작취昨醉가 미성未醒이었
지만 소주 한 병을 마셨다.

점심은 매형이 샀다.

생각해 보니 매형은 나에게 평생 술을 사 주었다.

일생을 나그네로 사셨던 아버지가 그랬듯이 나도 똑같다.

구시포해수욕장에서 동호해수욕장 사이에 펼쳐진 명사십리

파도는 은사시 나뭇잎이 바람에 나폴대듯 펄럭이며 밀려오고 있다.

잘게 잘게 너울져 밀려오는 파도는

인해전술을 펴는 병사들의 낮은 포복 자세와 같다.

십리 길에는 소나무들이

파도를 반기듯

한결같은 모습을 하고 있다.

아! 지금도 우리나라에는
이런 곳이 있었구나!
나는 이곳을 위해 하루쯤
온전히 비워 두고 싶다. 여행은
꿈을 버리지 않은 사람이 찾아 나서는 방랑이다.
누군가의 가슴에 남을 글 한 줄 얻기 위해 찾아온 이곳,
나의 여행은 충만감으로 행복하다.

이곳 바다에는 가무락조개가 무진장으로 깔려 있다.

뻘이 조금 섞인 모래밭을 호미로 긁으면

밤알만 한 조개가 두세 개는 잡힌다.

이맘때쯤 잡히는 조개는

속이 꽉 차고 육질이 쫄깃하다.

이 지방에서 잡히는 해산물이 모두 그렇지만

어떤 사람은 이 조개가 바지락보다

맛이 더 좋다고 한다.

날것으로 먹어도 좋고

삶아서 양념장에 무쳐 먹어도 일품요리가 된다.

물때를 맞춰 가면 두어 시간에 양동이로

두세 개는 파 올 수 있다.

22. 바람

바람이 불면 어디론가
떠나고 싶다.
들꽃 무성한 언덕에서
실바람은
나를 잡아끈다.

바람처럼 떠돌며
작은 보따리 하나 보듬고
용하게도 잘 살아왔다.

굽이굽이 돌아가는 길엔 삽상한 바람이
국화 꽃잎에서 불기도 하고
산은 좋고 물은 맑기도 했다.

황량한 가슴은
바람이 이끄는 대로
소쩍새 우는 산골을
떠돌며 살았다.

노란 은행잎에 바람 불던 날
아버지는 이승을 떠났다.
일생 동안
재산을 모은 적 없고
자식에게
용돈 한 푼 준 적 없는
아버지의 인생은
얼마나 쓸쓸했을까?
아버지는 바람이었다.

빈손으로 왔다 빈손으로 떠나던 날
아버지의 얼굴은 맑았다. 그리고 눈동자는
비색翡色이었다.

바람이 불면 아버지의 영혼이 우는 듯한 소리가
환청으로 들린다.
아버지의 피가 흐르는 나는
바람의 유혹에 약하다.

23. 상여 행렬

우리 인생 한번 가면 다시 오지 못하노라, 어홍 어하

오늘 가면 언제 오나 누굴 마다고 가시는가, 어홍 어하

땡그랑~ 요령 소리에 맞춰 요령잡이는 선창을 하고

‘어홍 어~하아’ 상여꾼들은

뱃속에서 퍼 올리는 듯한 추임새를 한다.

요령잡이의 잘 다듬어진 발성은 음악에 완전히 몰입되어 있다.

가네 가네, 나는 가네, 너를 두고 나는 가네, 어홍 어하
일가친척 많다 해도 어느 누가 대신 갈까, 어홍 어하
세월아 가지 마라, 아까운 청춘 다 늙는다, 어홍 어하
이팔청춘 소년들아 백발 보고 웃지 마라, 어홍 어하

요령잡이가 휘몰이 장단으로 흥에 겨우면 상여꾼들의 추임새도 빨
라지고
가슴 밑바닥으로부터 퍼 올리는 듯한 음색으로 변하면,
상여꾼들의 추임새는 새끼 잃은 어미 곰이 가슴을 치듯
두툼한 저음으로 변한다.

반도적 숙명으로 살았던 우리 조상들은
외침과 핍박으로 점철된 역사를 이어 오면서
가슴에 심어 놓은 구슬픈 선율의
장송곡으로 만들었다.
잉카의 후예들이
안데스 산마루를 오르내리며 부르는
'엘 콘도르 파사' 와 같은
애상조의 이 음악은
나그네의 발길을 멈추게 한다.

왕후장상王侯將相도 장삼이사張三李四도
북망산천北邙山川을 가는 데는 예외가 없다.
누구나 한 번은 이 길을 가는 것이다.

상여꾼들은 울긋불긋
바람에 날리는 만장 행렬을 앞세우고
꽃상여에 고인을 모시고
생전에 자주 거닐던 길을 되짚으며
느리게 느리게 장지를 향한다.
눈보라를 맞으면서도
상여 행렬은 서둘지 않는다.
이렇듯 느린 발걸음에는
홀로 떠나는 쓸쓸한 이 길을
떠나보내기 아쉬워하는
살아 있는 자들의 마음이 담겨 있다.
그것은 고인에 대한
마지막 도리이며 보시인 것이다.

이들은 어젯밤에도 모닥불을 지피며
푸닥거리를 했고
고인이 천당으로 입성入城하기를 기원하면서
술 마시고 놀이판을 벌여 놓고 축제의 밤을 보냈다.
그것은 살아 있는 자들의 삶을 되돌아보는 계기의
장場이기도 했다.

자신이 언젠가는 노인이 되고 죽는다는 사실을

좀처럼 인정하지 않으며

젊음을 후딱 보내고

어느 날 문득

거울 앞에 나타난 노인의 얼굴이 생소하여

소스라치게 놀라는 것이

우리네 보통 사람들의 인생이다.

눈은 내려 얼굴에
칼날처럼 부딪치는데
장지에는
많은 사람들이 모닥불
주위에서 고인을 환송하고
유족들은 마지막 장례 의식을
마무리하고 있다.
무덤가에는
수척하게 마른 풀들이
바람에 흔들리고 있다.

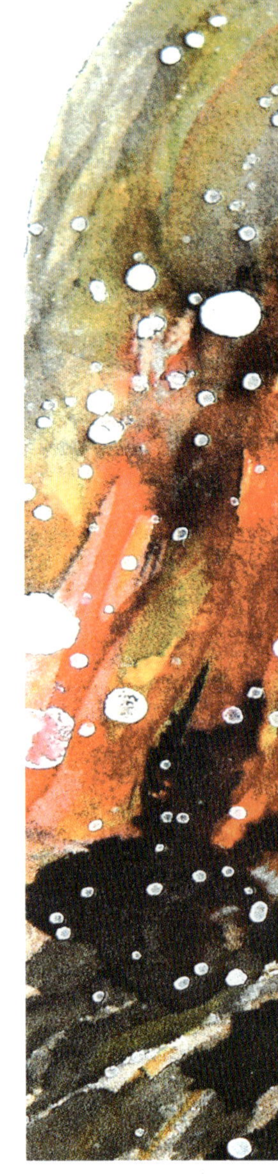

24. 서예는 마음의 흔적

필법은 누구에게나 전할 수 있으나
정신과 흥취는 각자의 몫이다.
서예는 인격 수양에 적합한 예술이며 사람을
진지하고 겸허하게 해 준다.
성정을 다스리는 것이 핵심인 서예는
마음의 흔적이다.

기쁠 때 쓴 글씨는 편안한 느낌을 주며
성 내면 글씨는 험악해진다.
슬프면 오그라들고
즐거우면 아름다운 글씨가 된다.
지필묵紙筆墨이 좋고
아름다운 경치에서 기후가 좋으면 그때는
글씨가 잘 되고 우연히
쓰고 싶을 때 쓰면 좋은 작품을 기대할 수 있다.

항상 감사하면서

유쾌하고 한가한 마음으로 쓰는 글씨는 탁월하다.

개성이 강하고

격조 있는 서예 작품을 위해서는

꾸준한 노력이 수반되어야 함은 물론이다.

소나기 지난 후
이 빠진 돌다리를 소년은
촘촘하게 박아 놓았다.
소녀는 무심히
그 다리를 밟고 서울이라는
낯선 땅으로 떠났다.
순박했던 청춘들이
모두
그 다리를 밟고 서울로 떠났다.
꿈 찾아 떠난 것이다.

긴 여행을 끝내고
할머니가 된 소녀는
굳어버린 관절을 이끌고 고향을 찾았다.
채전이나 가꿀까 하고.
그러나
다시 찾은 고향에
징검다리 같은 것은 없었다.

마음속에만

전설처럼 남아 있다.

글에 맞는 그림을 연필화로 채우며

붓질 몇 번으로 대상의 이미지를 표출해 내는 문인화 기법은 사람들을 매료시킨다.

나는 문인화를 하고 싶었고 시詩·서書·화畵 모두를 하기에는 오랜 세월이 요구되었다.

2009년, 내 생애 처음으로 79점의 도판을 수록하여
《그림 속의 세월》이라는 자전적 에세이집을 출간하였다.
단 한 사람이라도 그것을 원하는 사람이 있다면, 내가 만들고 싶었던
'그림이 있는 이야기책'을 계속해서 만들겠다는 생각을 했었다.

의외라고 할 정도로 많은 사람들의 애정 어린 격려가 있었고, 결국
품절이 되어 2쇄를 발행하게 되었다.

이번에 185점의 도판을 '연필 스케치화'로 수록하여 《세월이 흘러도 가슴 뛰는 옛 시인의 사랑》을 만들면서 어떻게 하면 글에 맞는 그림을 그릴 수 있을까 고심했다.

그리고 '연필 스케치화'라는 것이 문인화의 본질에 맞는 것인지에 대해서도 많은 생각을 하게 되었다.

'연필 스케치화', 이것이 표현 목적에 부합되는 것이라면 연필이든 목탄이든 재료에 구애됨이 없이 자유롭게 나의 그림 세계를 추구하고 싶었다.

나의 천학淺學과 길지 않은 예술 체험의 결과물이 자랑스러울 수민은 없는 일이지만 누군가에게는 유용하게 쓰였으면 하는 바람이다.

2010년 11월

서충열

도판 목록

10

11

12

13

14

15

16

17

18

19

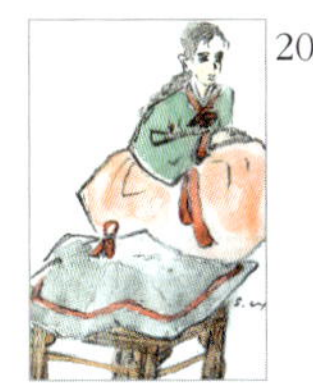

20

21

22

23

24

25

26

27

28

29

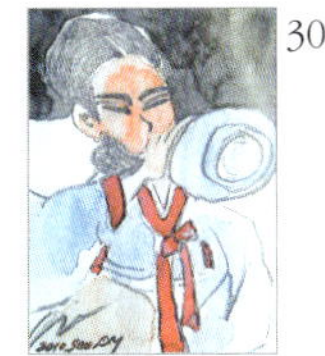

30

31

32

33

 34
 35
 36
 37
 38
 39
 40
 41
 42
 43
 44
 45
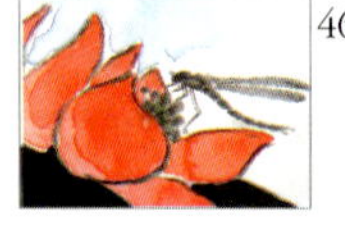 46
 47
 48
 49
 50
 51
 52
 53
 54
 55
 56
 57

58

59

60

61

62

63

64

65

66

67

68

69

70

71

72

73

74

75

76

77

78

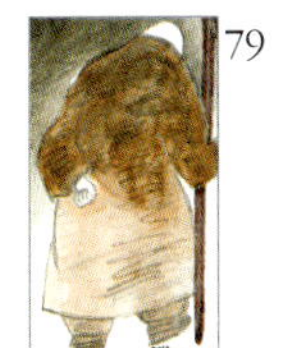
79

80

81

 82

 83

 84

 85

 86

 87

 88

 89

 90

 91

 92

 93

 94

 95

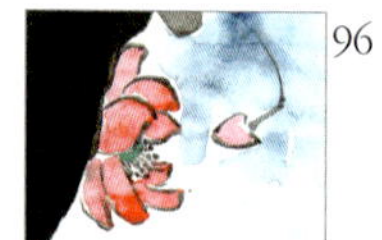 96

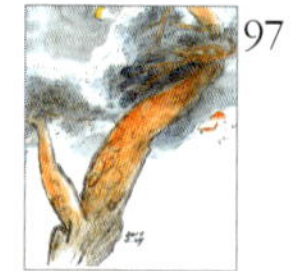 97

 98

 99

 100

 101

 102

 103

 104

 105

 106

 107

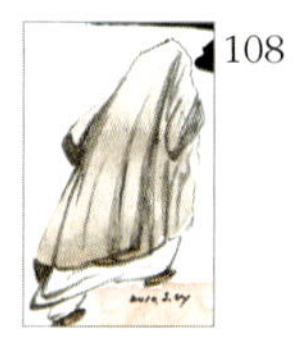 108

 109

 110

 111

 112

 113

 114

 115

 116

 117

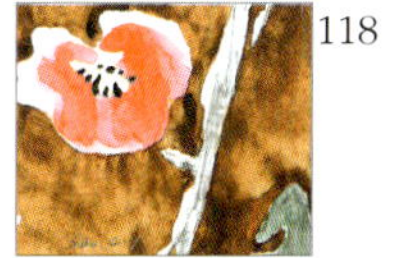 118

 119

 120

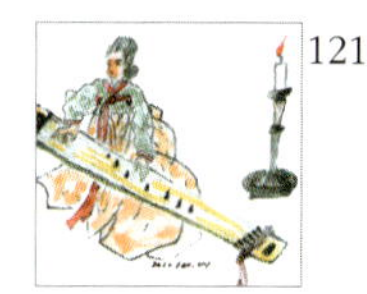 121

 122

 123

 124

 125

 126

 127

 128

 129

130

131

132

133

134

135

136

137

138

139

140

141

142

143

144

145

146

147

148

149

150

151

152

155

 156

 157

 158

 159

 160

 161

 163

 164

 165

 166

 167

168,
169

 170

 171

 172

 173

 174

 175

 176

 177

 178

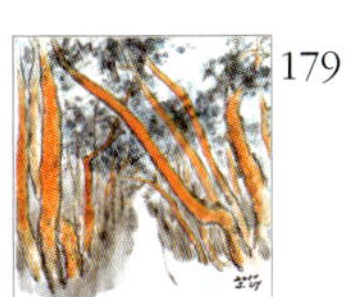 179

 180

 181

 182

 183

 184

 185

 186

 187

 188, 189

 190

 191

 192

 193

 194, 195

 197

 198

 199

 200

 201

세월이 흘러도 가슴 뛰는
옛 시인의 사랑

지은이 · 서충열
펴낸이 · 임종대
펴낸곳 · 미래문화사

초판 인쇄 · 2010년 11월 5일
초판 발행 · 2010년 11월 10일

등록 번호 · 제3-44호
등록 일자 · 1976년 10월 19일
주소 · 서울시 용산구 효창동 5-421
전화 · 715-4507 / 713-6647
팩스 · 713-4805

E-mail · mirae715@hanmail.net
홈페이지 · www.miraepub.co.kr

ISBN 978-89-7299-387-2 03810